A HISTÓRIA DE

Gulliver

CONTADA POR

JONATHAN COE

A HISTÓRIA DE

Gulliver

de Jonathan Swift

ILUSTRADA POR

SARA ODDI

TRADUÇÃO DE

CHRISTIAN SCHWARTZ

1ª edição

galera
RECORD

Rio de Janeiro | 2013

CIP-BRASIL. CATALOGAÇÃO NA FONTE
SINDICATO NACIONAL DOS EDITORES DE LIVROS, RJ

C613g

Coe, Jonathan, 1961-
A história de Gulliver / Jonathan Swift; contada por Jonathan Coe; tradução de Christian Schwartz; ilustrada por Sara Oddi. - Rio de Janeiro: Galera Record, 2013.
il.

Adaptação de: I viaggi di Gulliver / Jonathan Swift
ISBN 978-85-01-40010-9

1. Literatura juvenil. I. Swift, Jonathan, 1667-1745. Gulliver. II. Schwartz, Christian, 1961- III. Oddi, Sara IV. Título. V. Coleção.

13-8237.

CDD: 028.5
CDU: 087.5

SAVE THE STORY

Título original em italiano:
Gulliver

Texto revisado segundo o novo Acordo Ortográfico da Língua Portuguesa.

Ilustrações: Sara Oddi

Projeto gráfico: Mucca Design

Adaptação de capa original e composição de miolo: Renata Vidal da Cunha

Save the Story é um projeto de Scuola Holden. www.scuolaholden.it
Save the Story: Uma coleção idealizada e dirigida por Alessandro Baricco
Scuola Holden
Diretoras de arte: Marta Trucco, Arianna Giorgia Bonazzi
Editora: Marta Trucco
Produtora: Lea Iandiorio

Direitos exclusivos de publicação em língua portuguesa somente para o Brasil adquiridos pela
EDITORA RECORD LTDA.
Rua Argentina, 171 - Rio de Janeiro, RJ - 20921-380 - Tel.: 2585-2000,
que se reserva a propriedade literária desta tradução.

Impresso no Brasil

ISBN: 978-85-01-40010-9

Seja um leitor preferencial Record.
Cadastre-se e receba informações sobre nossos lançamentos e nossas promoções.

Atendimento e venda direta ao leitor:
mdireto@record.com.br ou (21) 2585-2002.

EDITORA AFILIADA

Um

LILIPUTE
BLEFUSCU

Há quase trezentos anos, viveu um homem com um nome estranho. Ele se chamava Lemuel Gulliver.

Gulliver trabalhava como médico a bordo dos grandes navios que partiam da Inglaterra e navegavam ao redor do mundo comprando e vendendo mercadorias. Era um trabalho perigoso. Às vezes, os mares ficavam bravios e tempestuosos, e sempre acontecia de as embarcações irem parar em lugares que não apareciam nos mapas e eram desconhecidos até para os marinheiros.

Na Inglaterra, onde morava, Gulliver tinha mulher e filhos. Mas precisava sair nessas longas jornadas para ganhar dinheiro, sem falar que adorava demais viajar e tinha grande curiosidade em conhecer novos lugares.

Esta é a história das viagens de Gulliver, que o levariam a quatro novos e incríveis países e mudariam para sempre o que sentia por outros seres humanos.

A primeira viagem aconteceu no ano de 1699. O navio partiu de Bristol em direção às Índias Ocidentais. Uma viagem bastante longa. Depois de seis meses navegando, a embarcação acabou sofrendo um terrível acidente: bateu o fundo do casco numa rocha no meio do oceano e ficou completamente destruída.

Muitos marinheiros morreram, mas Gulliver conseguiu nadar até a costa de uma estranha ilha. Assim que chegou à praia, arrastando-se, caiu no sono, exausto.

Quando acordou, muitas horas depois, percebeu que estava deitado de costas e não podia se mexer. Encontrava-se amarrado ao chão por centenas de fios resistentes que prendiam até seu cabelo. O brilho do sol contra seus olhos era tão intenso que ele mal conseguia enxergar. Então Gulliver sentiu que alguma coisa rastejava sobre seu peito. Olhou para baixo esperando ver ali um inseto ou um rato, mas ficou espantado ao se deparar com uma coisa completamente diferente. Era um homenzinho, vestido com roupas finas e elegantes, que, de pé, não chegava à altura de um lápis!

O homem caminhava sobre o peito de Gulliver seguido por quase 40 outros. Ao vê-los, Gulliver rugiu tão alto de susto que muitos daqueles homenzinhos tombaram para a areia dura da praia e se machucaram.

Puxando os fios que o prendiam, Gulliver conseguiu livrar um dos braços e virar um pouco a cabeça. Os homenzinhos imediatamente sacaram suas armas e atiraram pequeninas flechas contra seu rosto. Espetavam como alfinetes e agulhas, e ele gritou de dor. Podia facilmente matar um dos homenzinhos, mas não queria fazer isso. Então, em vez disso, sinalizou para dizer que não tinha a intenção de lhes causar mal. Eles entenderam e posicionaram uma plataforma de madeira e uma escada junto ao ouvido de Gulliver, para que, subindo, pudessem falar com ele.

Um porta-voz passou a discursar longamente em sua muito peculiar língua. Gulliver não compreendeu muita coisa — na verdade, mal podia ouvir o homenzinho, cuja voz era muito aguda e estridente —, mas ainda assim entendeu que o estavam levando como prisioneiro para a capital do reino, de onde tinham saído. Gulliver decidiu que era melhor fazer o que diziam. Ao mesmo tempo, por meio de sinais, mostrou que gostaria de algo para comer. Os homenzinhos, prevenidos, andaram sobre seu peito até a boca carregando carne, pão e vinho. Haviam trazido os maiores pedaços que puderam encontrar — assados de porcos e carneiros inteiros, grandes nacos de pão do tamanho de suas cabeças e imensos baldes de vinho —, no entanto, para Gulliver, era como comer migalhas e beber usando um dedal como copo.

Depois disso, os homenzinhos precisaram de muitas horas para construir, em madeira, um carrinho com rodas que tivesse tamanho suficiente para transportá-lo. Amarraram-no a esse carrinho, e mais de mil dos cavalos mais robustos do reino o puxaram até a capital. Levaram mais de cinco horas, embora a cidade ficasse a apenas 1 quilômetro de

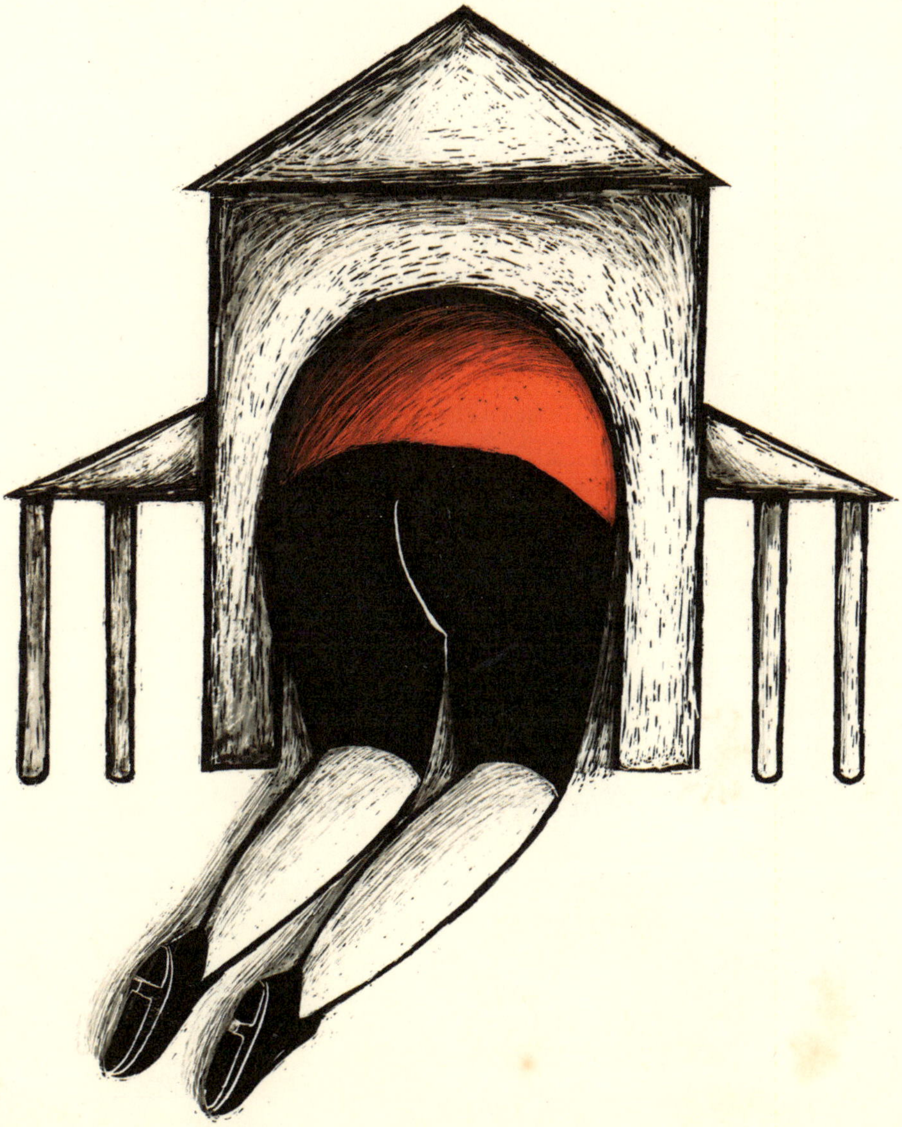

distância. Próximo à entrada, havia um enorme templo abandonado, e ficou decidido que aquele seria um bom lugar para Gulliver dormir. Desataram os fios e prenderam-lhe a perna ao chão com uma corrente reforçada. Então ele rastejou para dentro do templo, cujo tamanho mal era suficiente para que, espremendo-se porta adentro, pudesse se esticar ali.

Os boatos sobre a aparição daquele incrível gigante logo se espalharam pela cidade e, na manhã seguinte, uma multidão olhava para Gulliver quando ele arrastou-se templo afora. A maioria apenas o observava, mas uns cinco ou seis homenzinhos mais cruéis, para se divertir, começaram a atirar-lhe flechas no rosto. A polícia os apanhou e perguntou ao próprio Gulliver o que achava que deveria ser feito deles. Como resposta, pegou todos os homenzinhos que o atacaram, menos um, e os enfiou no bolso. Ergueu aquele que ficara de fora à altura da boca, abrindo-a como se fosse comê-lo vivo. Mas estava só fingindo. Em seguida, Gulliver devolveu ao chão os homenzinhos, que fugiram correndo, apavorados.

Todos os presentes viram que Gulliver tinha sido muito gentil e piedoso, algo que, mais tarde, comentaram. Na verdade, havia sido tão boa a impressão que causara ao povo daquele país, que o imperador decidiu ir visitá-lo.

Dois

O país em que Gulliver se encontrava chamava-se Lilipute. Quando o imperador de Lilipute apareceu para falar com ele mais tarde naquele mesmo dia, Gulliver descobriu tratar-se de uma figura impressionante, quase um centímetro mais alta que os demais liliputianos. Tinha mais ou menos 28 anos, e permitiu que Gulliver o tomasse na palma da mão, para que pudessem conversar mais facilmente.

Gulliver já começara a aprender algumas palavras da língua liliputiana e conseguiu compreender que o imperador se prontificava a libertá-lo, livrando-o da corrente. Ficou muito feliz com isso.

A primeira coisa que decidiu fazer ao ser solto foi dar uma caminhada pela capital para, em particular, ver o palácio imperial. Andar pelas ruas principais era como fazer um *tour* por um vilarejo em miniatura. Mesmo os prédios mais altos alcançavam-lhe apenas os ombros, e as ruas, em sua maior parte, eram estreitas demais para que ele caminhasse por elas.

Para chegar aos pátios do palácio, Gulliver precisava passar por sobre um muro e, a partir dali, pisar com todo o cuidado para não esmagar as sebes ou as construções menores. Abaixar-se e espionar pelas janelinhas era como olhar o interior da mais linda e cara casa de bonecas jamais vista. Dentro, pôde ver a imperatriz e a princesa, e ficou muito lisonjeado com o gesto da imperatriz de estender-lhe a mãozinha do lado de fora da janela para que fosse beijada.

A partir de então, a imperatriz seria sempre cortês com Gulliver. Apresentou-o às pessoas mais importantes do reino e, ao longo das semanas seguintes, passaram muito tempo nos jardins imperiais discutindo todas as leis e os costumes de Liliputе. Gulliver sempre fora curioso sobre esse tipo de coisa e queria aprender o máximo que pudesse. Alguns costumes ele achou bastante esquisitos. Por exemplo: quando morriam, os liliputianos não eram enterrados deitados, mas de ponta-cabeça. Isso porque acreditavam que o mundo era plano e, passados mil anos, também viraria, ele próprio, de ponta-cabeça, trazendo os mortos de volta à vida. De modo que, enterrando-os daquele jeito, estariam na posição certa quando chegasse a hora.

Gulliver ficou sabendo que havia outra ilha ali perto, chamada Blefuscu, também habitada por pessoas pequenas. Surpreendeu-se ao saber que as duas ilhas estavam em guerra.

— E o que poderia ter levado vocês a guerrear? — quis saber.

Os liliputianos lhe contaram que as duas ilhas travavam aquela disputa por uma questão muito séria. Em Lilipute, acreditava-se que, ao comer um ovo cozido, devia-se começar pela extremidade menor. Já os habitantes de Blefuscu pensavam que o certo era comer o lado grande primeiro. Fazia três anos que estavam brigando por causa dessa questão, e mais de 60 mil pessoas haviam morrido na guerra.

— Mas isso é ridículo! — falou Gulliver.

Então o imperador perguntou a Gulliver se seu país alguma vez entrara em guerra por alguma questão pequena. Ele pensou no assunto e acabou tendo que admitir que sim, muitas vezes.

Gulliver agora procurava uma maneira de agradar àquele imperador que tanta bondade havia demonstrado com ele. Prontificou-se a ir até Blefuscu, nadando ou mesmo fazendo a travessia a pé, e lá capturar toda a frota inimiga, para que não houvesse mais ameaças a Lilipute.

O imperador ficou maravilhado com a ideia, e na manhã seguinte Gulliver partiu em sua missão. Entrou na água e andou até que os pés não conseguissem mais tocar o fundo, e aí passou a nadar a distância que faltava até Blefuscu. Assim que chegou à costa, enxergou pelo menos 40 navios. Os homens a

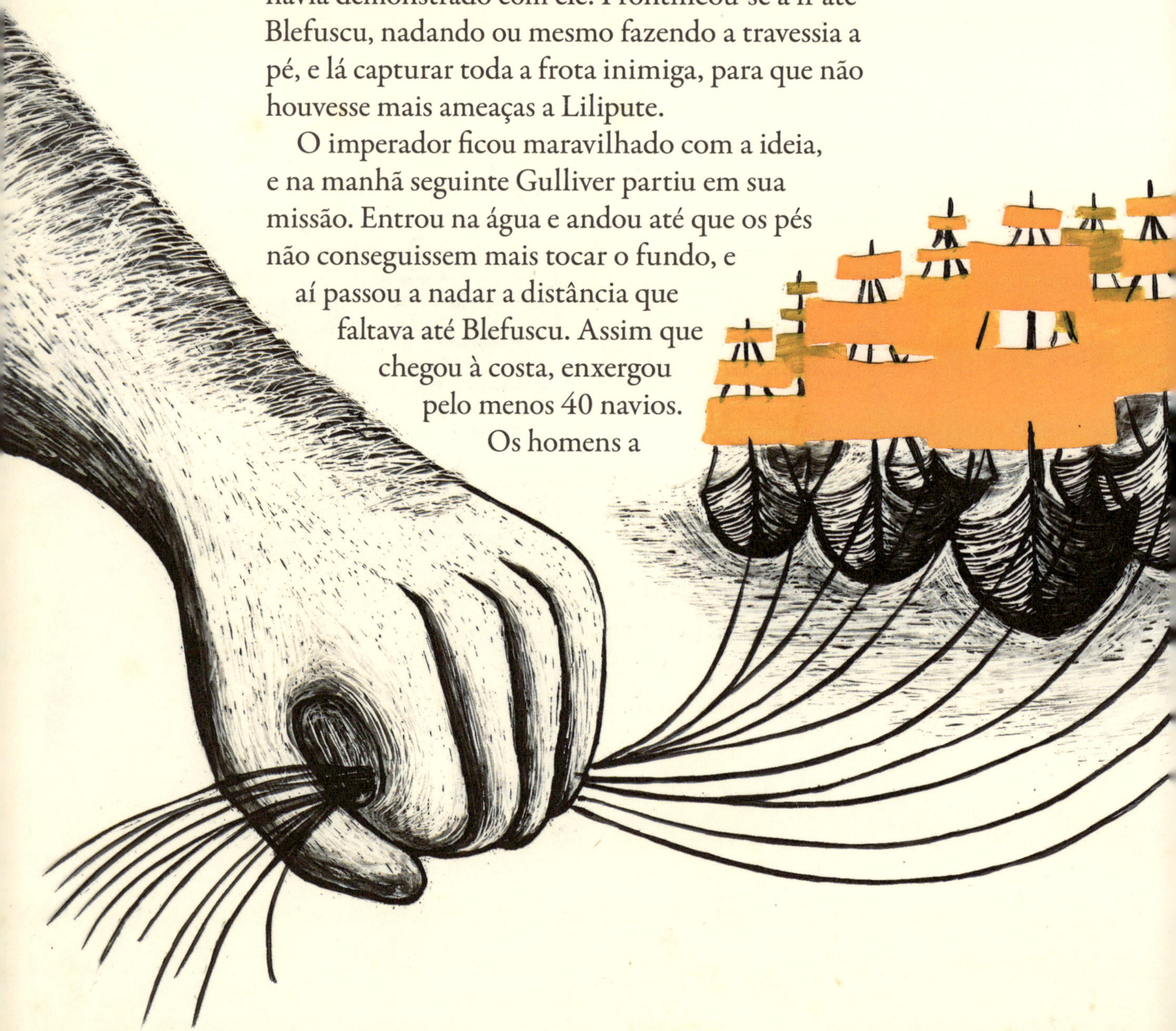

bordo se apavoraram ao ver aquele gigante seguindo na direção deles e, na hora, pularam na água e saíram nadando até terra firme. Nesse meio-tempo, Gulliver pegou numa sacola o equipamento que havia preparado: uma porção de fios resistentes, cada um com um gancho enorme na ponta. Engatou um gancho a cada uma das proas, reuniu os fios e tentou puxar os navios atrás de si. Mas não se moviam, pois estavam firmemente ancorados, de modo que Gulliver precisou usar sua faca e cortar as cordas das âncoras uma a uma. Enquanto fazia isso, os homenzinhos posicionados no porto disparavam, sem parar, flechas contra seu rosto. Gulliver não se incomodou muito com as espetadas, embora tenha, assim mesmo, colocado os óculos para proteger os olhos. Não demorou muito e tinha terminado o serviço, podendo então rebocar toda a frota de Blefuscu para longe da costa e, triunfante, voltar a Lilipute.

Gulliver esperava que o imperador ficasse muito satisfeito — como de fato ficou, de início. Concedeu a Gulliver uma mui elevada honraria, tornando-o cavaleiro de Nardac, do império liliputiano. Mas, quando pediu a Gulliver que retornasse, destruísse o restante dos navios, capturasse e matasse o maior número possível dos habitantes de Blefuscu,

Gulliver se recusou. Respondeu que era errado invadir um país de pessoas livres para matá-las ou transformá-las em escravas.

O imperador se irritou sobremaneira quando viu que Gulliver discordava dele nesse tema. Não estava acostumado a ser desobedecido. Não falou nada no começo, mas uma raiva começou a crescer dentro dele. O que significava que, dali em diante, a vida de Gulliver em Lilipute se tornaria realmente bastante perigosa.

Três

Capturando os navios do inimigo, Gulliver tinha prestado um notável serviço ao povo de Lilipute. Mas, depois disso, cometera o grande erro de criticar o imperador, e os dois passaram a desconfiar um do outro. Gulliver já começava a pensar que os liliputianos eram uma gente mais cruel do que ele imaginara de início. E o imperador estava furioso com ele por tê-lo feito se sentir um governante severo e tirânico. Passou a ver o gigante Gulliver como nada mais do que um caro aborrecimento.

E, de fato, o imperador tinha certa razão. Era mesmo muito caro manter Gulliver. Eram necessários 300

cozinheiros para preparar sua comida, além de 20 garçons correndo de um lado para o outro sobre a mesa, ajudando-se nas várias trocas de pratos enquanto o gigante comia. Comparadas às refeições de um liliputiano, as dele envolviam uma imensa quantidade de comida. Era capaz de, facilmente, comer várias vacas inteiras — com ossos e tudo — de uma sentada, e de juntar numa só garfada dúzias de galinhas em miniatura. Entornava um barril inteiro do vinho liliputiano e, para ele, parecia que havia bebido apenas um copinho.

Certa noite, aconteceu de Gulliver, depois de ter bebido dois ou três barris de vinho, estar se dirigindo ao banheiro quando ouviu gritos na rua:

— Fogo! Fogo! O palácio do imperador está pegando fogo!

A passos largos, ele seguiu para lá imediatamente. As chamas invadiam os aposentos imperiais, e os bombeiros enfrentavam uma tarefa impossível, tentando apagar o incêndio com pequeninos baldes d'água.

Rapidamente Gulliver se deu conta de que podia ajudar. Estava mesmo muito apertado para ir ao banheiro, portanto a coisa mais simples a fazer era usar isso para combater o fogo. Talvez respingasse em algumas pessoas, e ia ficar um certo mau cheiro

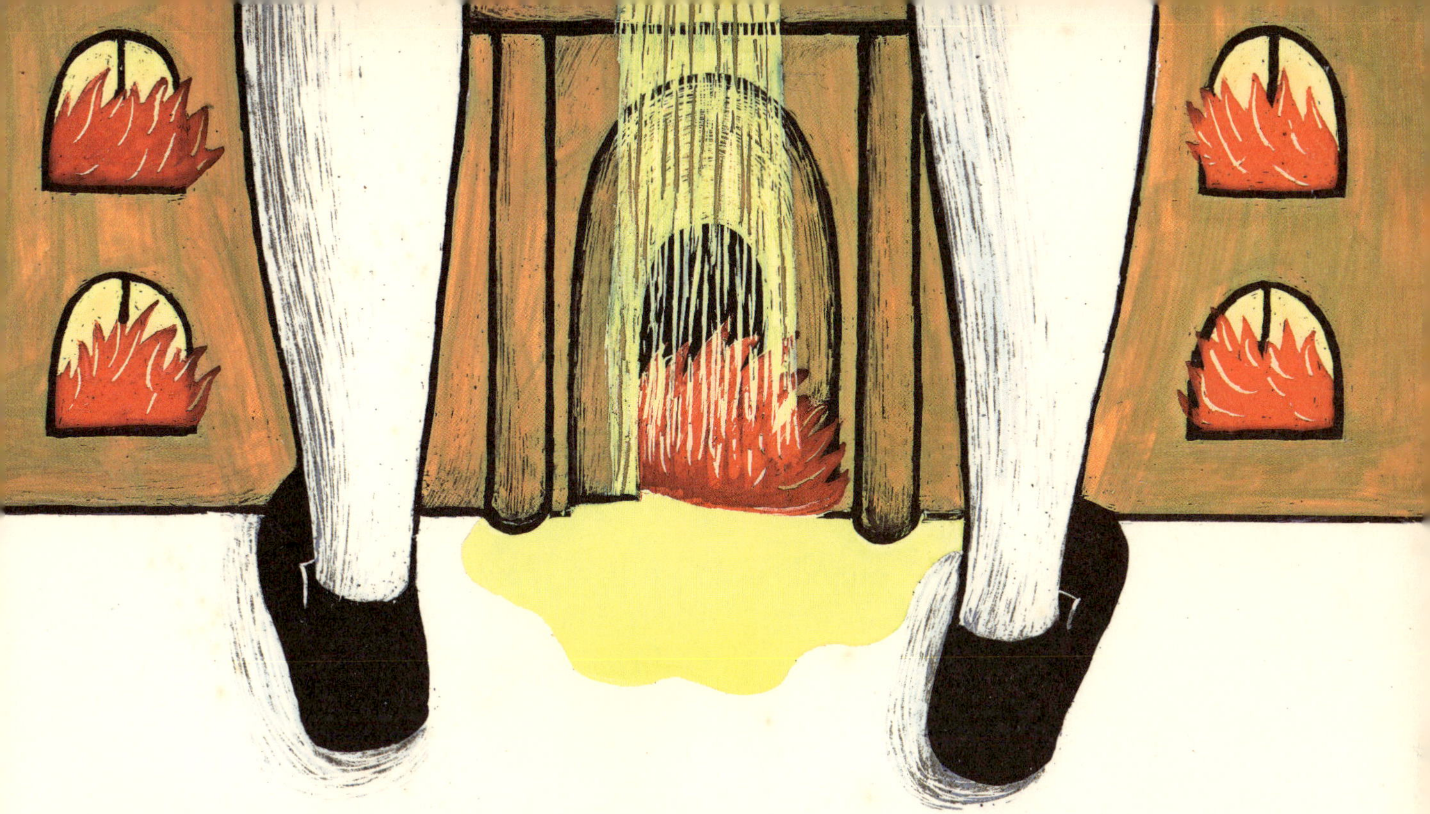

depois, mas valia a pena, não valia? Claro que o mais importante era salvar o palácio.

Como tinha bebido muito, Gulliver conseguiu se aliviar durante dois minutos sem parar e, mirando nas partes do palácio onde o incêndio era mais forte, pôde extinguir o fogo completamente. Que alívio! A bela propriedade do imperador estava salva!

Outra vez esperou que lhe agradecessem por ter ajudado a salvar o imperador e sua família. Mas, na verdade, eles não ficaram nada contentes. Daquele dia em diante, a imperatriz se recusou a chegar perto dos locais que Gulliver havia "contaminado" (conforme ela disse). E não foi a única a criar caso. Alguns dos conselheiros do imperador, enciumados de Gulliver já fazia algum tempo, usaram esse incidente para então tramar contra o gigante. Começaram a cochichar no ouvido do imperador que Gulliver podia se transformar num inimigo de Lilipute, e que era perigoso deixá-lo ficar no país por mais tempo.

Certa noite, quando todos tinham ido dormir, um importante membro da corte, que era seu amigo e se mantinha leal a Gulliver, foi ao quarto do gigante e lhe disse que ele precisava ir embora do país o mais rápido possível. Revelou que o imperador e seus conselheiros haviam decidido cegar Gulliver, para que não se tornasse uma ameaça.

Ele ficou horrorizado. De imediato, reuniu os poucos pertences e, ao amanhecer, escapou atravessando o mar até Blefuscu, onde estivera poucas semanas antes a fim de capturar a frota de navios.

Embora tivessem sido inimigos recentemente naquela guerra, os habitantes de Blefuscu sabiam que Gulliver era um bom homem, pois tinham ouvido a história de como convencera o imperador de Lilipute a não matá-los nem escravizá-los. Portanto, deram-lhe as boas-vindas, oferecendo-lhe um lugar para ficar pelo tempo que quisesse.

Mas Gulliver tinha aprendido uma dura lição em Lilipute: era um erro confiar em quem quer que fosse que não seus melhores amigos. Decidiu ir embora de vez daquela parte do mundo. Estava louco para voltar a um país onde todas as pessoas fossem do seu tamanho.

Por sorte, após algumas semanas vivendo em Blefuscu, avistou, na costa, um navio de tamanho normal. Devia ter aportado ali depois de um naufrágio, concluiu. Gulliver o consertou para aguentar uma viagem curta e levou consigo comida suficiente para algumas semanas: uma centena de bois já abatidos, 300 ovelhas, centenas de barris de água e muito mais. Também embarcou seis vacas e seis ovelhas vivas.

Zarpou de Blefuscu num dia quente, debaixo de sol intenso, e desta vez deu sorte, pois apenas três dias depois já avistava no horizonte um navio mercante cuja tripulação, ao se aproximar, convidou-o a subir a bordo. Ao sentar-se para jantar com o capitão e seus homens, naquela noite, Gulliver não conseguia se habituar ao quanto lhe pareciam grandes. Quando o ouviram contar suas aventuras em Lilipute, entreolharam-se e riram, pensando que as muitas semanas no mar, sob o sol, tinham enlouquecido Gulliver completamente. Só se calaram, com expressões de espanto, quando ele tirou do bolso as seis miniaturas de vacas e as seis ovelhas e as colocou para correr sobre a mesa. Depois disso, acreditaram nele.

Quatro

BROBDINGNAG

Após a viagem ao pequenino país de Lilipute, Gulliver permaneceu em casa com a mulher e os filhos por apenas dois meses e, sentindo-se aflito, decidiu viajar outra vez. Arranjou emprego como médico em um navio que partia em direção às Índias Orientais e ganhou os mares na primavera de 1702.

Desta vez, o navio nem havia passado do sul da costa da África e do Cabo da Boa Esperança quando uma terrível tempestade se abateu sobre ele. Os marinheiros foram lançados pelo vento a centenas de milhas em diferentes direções, a ponto de perderem a noção de onde estavam. Finalmente a tempestade amainou e foi possível ancorar o navio perto da costa de uma grande ilha. Alguns homens da tripulação — inclusive Gulliver — desceram a terra atrás de comida e água. Enquanto empreendia uma busca por conta própria, Gulliver ouviu os outros tripulantes gritarem por socorro. Correu de volta até a praia e viu que se atropelavam freneticamente em direção ao navio, perseguidos por um gigante. Perto dos marinheiros, o gigante parecia mais ou menos do tamanho de Gulliver quando comparado com os liliputianos.

O pessoal da tripulação voltou a bordo e conseguiu manobrar o navio para fora da costa antes que o gigante os apanhasse. Para Gulliver, de nada serviu. Tinham se esquecido dele, que agora estava ali, encalhado e sozinho.

Assustado, começou a andar para o interior da ilha, que, podia sentir, tinha algo de estranho. Tudo dava a impressão de ser enorme. A estrada pela qual ia caminhando parecia ter dez vezes o tamanho de qualquer outra que já tivesse visto, e a grama nas duas margens era tão alta que dava a impressão de lhe bater na altura da cintura.

Não demorou muito para que topasse com dois outros gigantes indo na sua direção pela estrada. Vestiam-

se como empregados de fazenda e, assim que o avistaram, passaram a persegui-lo. Ele tentou escapar correndo por entre a grama alta, mas um dos gigantes logo o alcançou e o agarrou com a mão enorme e áspera. Gulliver se viu alçado a pelo menos 20 metros do chão e começou a gritar por misericórdia o mais alto que podia, ao mesmo tempo que juntava as mãos e implorava que não o maltratassem. Nisso, a expressão do gigante se suavizou, e ele começou a sorrir. Colocou Gulliver no bolso com cuidado e correu para mostrar sua descoberta ao patrão, que vivia ali perto.

O fazendeiro morava numa bela e antiga casa de fazenda com a mulher e a filha. Quando o empregado chegou do campo e lhe mostrou Gulliver, ele tomou nas mãos o pequenino homem e o pousou sobre a mesa, observando, maravilhado, por algum tempo. Então apareceram a mulher e a filha. Assim que viu Gulliver, a mulher gritou com toda a potência da voz, pensando tratar-se de algum tipo de rato ou inseto grande. O fazendeiro a acalmou e, em seguida, o próprio Gulliver apressou-se a se desculpar por tê-la assustado. Ouvindo-o falar numa voz estridente enquanto se dobrava numa mesura, o fazendeiro e a família não se contiveram e estouraram de riso. O ruído foi tão alto que Gulliver precisou tapar os ouvidos com as mãos.

Os donos da casa se sentaram para almoçar e permitiram que Gulliver os acompanhasse. Deram-lhe um pedaço de carne que tinha mais ou menos umas cinco vezes seu tamanho, e ele passou a cortá-lo usando a faca e o garfo que sempre levava consigo. Novamente todo mundo pareceu achar hilário o que ele fazia. Passado um momento, Gulliver pôde ouvir barulhos saídos de sob a mesa, e logo outro ruído, mais próximo: era um ronco alto. (Para mim e para vocês, soaria como o estrondo de cem motos ligadas.) Era, na verdade, a gata da mulher do fazendeiro que, sentada no colo da dona, ronronava feliz! Quando Gulliver se debruçou na beirada da mesa

para espiá-la, ela bufou e se armou, lançando para cima dele as terríveis garras. Podia facilmente ter morrido ali, não fosse a intervenção da filha do fazendeiro, que agarrou a gata e a espantou da sala, fechando-lhe a porta na cara.

Gulliver agradeceu à filha do fazendeiro do fundo do coração. Era uma linda menina de uns 9 anos. Seu nome era Glumdalclitch, e ela em breve se tornaria a mais próxima e confiável amiga de Gulliver naquele novo e perigoso país.

Cinco

Nos dias seguintes, Gulliver permaneceu na casa do fazendeiro. Não queria sair ou se afastar muito, pois ainda se acostumava ao fato de tudo à sua volta ser tão grande. Em Lilipute, sentira-se como um deus no alto de sua torre diante dos insignificantes liliputianos, a apanhá-los na palma da mão. Ali, naquele novo país (chamado Brobdingnag), sentia-se, ele próprio, insignificante, fraco, indefeso.

Consolava-se porque Glumdalclitch era muito gentil com ele. Convenceu a mãe a deixar que Gulliver dormisse no berço que fora dela própria quando bebê e usou os mais finos e macios

lenços que pôde encontrar em casa para cobri-lo — ainda que, para Gulliver, parecessem os mais grosseiros, enormes e pesados, como se tivesse que dormir debaixo de uma das velas de seu navio.

Ao acordar, certa manhã, soube que o fazendeiro o levaria numa viagem. Gulliver foi colocado numa caixa de madeira (a qual Glumdalclitch teve o cuidado de forrar com a colcha da cama de sua boneca) e levado até a cidade mais próxima numa carrocinha de pônei. Por sorte, sua amiguinha foi junto. Gulliver chacoalhou terrivelmente com o trotar pelo caminho irregular: era pior do que as piores tempestades que já enfrentara no mar.

Quando chegaram à cidade, não gostou muito do que viu. Aparentemente, o fazendeiro decidira ganhar algum dinheiro com Gulliver, fazendo-o realizar uns truques sobre a mesa de uma hospedaria e cobrando de quem, na cidade, desejasse ter o prazer de vê-lo. Iam 30 pessoas de cada vez, e Gulliver fez pelo menos 12 apresentações naquele dia: andando para cima e para baixo na mesa, sacando a espada, dançando e falando algumas frases na língua local. As pessoas riam e aplaudiam, a ponto de o ruído se tornar ensurdecedor.

— Acho que você podia faturar ainda mais com ele —, ouviu de um amigo o fazendeiro. — Leve-o

ao
palácio do rei.
Pagariam uma fortuna para ter
uma criatura dessas divertindo a corte.

O fazendeiro não perdeu tempo para colocar a ideia em prática. Foi ao palácio no dia seguinte e rapidamente reuniu público, pois a fama da pequena criatura já havia se espalhado e chegado à corte do rei. O fazendeiro saiu dos aposentos reais parecendo muito satisfeito e com uma grande bolsa cheia de moedas de ouro. Gulliver, enquanto isso, foi informado de que passaria a morar no palácio dali em diante. Quis saber se Glumdalclitch poderia ficar com ele, e, felizmente, a permissão foi concedida.

A menina ganhou o próprio conjunto de aposentos no palácio real, e o marceneiro do rei construiu uma linda caixa de madeira forrada e com mobília em miniatura para hospedar Gulliver. Ambos se sentiram muito confortáveis e felizes. A rainha havia se tornado fã de Gulliver e sempre insistia para que ele se sentasse a seu lado à mesa em todas as refeições que fazia.

Gulliver imaginou que o rei também gostaria de se entreter diariamente assistindo a seus truques performáticos e a suas danças. Mas, na verdade, depois do primeiro encontro que tiveram, ele não pediu mais para ver Gulliver por um tempo. Em vez disso, enviou uma pessoa para ensinar-lhe a língua de Brobdingnag. Quando Gulliver afinal conseguiu falar o idioma perfeitamente, foi chamado outra vez à presença do rei para conversar.

Tratava-se, como se vê, de um governante sábio e inteligente, o qual sempre mostrava muito interesse por leis e costumes de outros países e estava extremamente curioso por ouvir o que Gulliver tinha para contar sobre esse reino distante povoado de pessoas pequeninas como o visitante. E Gulliver ficou encantado por ser questionado a respeito. Era um patriota, orgulhoso do próprio país, e mal podia esperar para relatar ao rei que

lugares maravilhosos eram a Inglaterra e a Europa.

Começou descrevendo o luxo com que viviam os mais ricos, as casas soberbas de que eram proprietários e a magnífica comida com que se alimentavam, importada do mundo todo. O rei se mostrou muito impressionado e perguntou se todos, lá, viviam assim. Gulliver disse que não — apenas uns poucos privilegiados. Muita gente, ao contrário, vivia na miséria e com fome. Mas acrescentou que mesmo essas pessoas conseguiam pagar por luxos de vez em quando, tomando dinheiro emprestado para isso.

— Então a maioria, no seu país, tem dívidas? — perguntou o rei, e Gulliver confirmou.

Mas disse que, de longe, a maior despesa vinha da guerra, e que uma das coisas mais gloriosas a respeito do povo de seu país — na opinião dele — era essa disposição a gastar vastas somas todos os anos com exércitos e armas poderosas, de modo a tornar possíveis viagens a outros países distantes para combater em guerras que nada tinham a ver com seus conterrâneos.

Depois de ter proporcionado esse brilhante relato, Gulliver se recostou para escutar o que o rei tinha a dizer, certo de que o monarca estava tomado de admiração. No entanto, ele pareceu bastante deprimido durante alguns minutos e, então, respondeu:

— Gulliver, gosto muito de você, vejo que é um homem bom e civilizado. Mas, quanto ao resto dos seus compatriotas, pelo que me contou, só posso concluir que são a mais perniciosa raça de odiosos vermes jamais vista a rastejar sobre a face da Terra.

Houve um longo silêncio, durante o qual Gulliver encarou, espantado, o rei. Não foi capaz de mais nada além de perguntar a si mesmo: "Mas por que raios ele pensava assim?"

Seis

Gulliver gostava de viver em Brobdingnag e lá permaneceu por mais de três anos. Durante todo esse tempo, ele e Glumdalclitch foram muito bem-tratados por quase todos na corte. A única pessoa que não gostava deles era o anão da rainha. O cruel homenzinho sempre fora considerado uma celebridade por ser, ali, a menor das pessoas — até Gulliver aparecer. O anão estava agora muito enciumado, e fazia tudo o que podia para dificultar a vida do visitante.

Certo dia, por exemplo, quando Gulliver e Glumdalclitch estavam nos jardins reais, o anão esperou até que ele parasse debaixo de uma macieira. Então subiu na árvore e começou a chacoalhar os galhos para que as maçãs despencassem nas costas e na cabeça de Gulliver — as frutas eram maiores e mais pesadas do que sacos de batatas. O pobre

Gulliver podia até ter morrido, se não tivesse conseguido se esquivar da maior parte das maçãs que caíam. Em outra ocasião, o anão pegou um punhado de moscas na mão e atirou no rosto de Gulliver. Eram moscas grandes como melros! Gulliver jamais vira algo tão nojento e precisou enfrentá-las com sua espada.

Ele, na verdade, ficava muitas vezes com nojo das coisas que via. Acabou se dando conta de que, naquele país, só achava alguma coisa bonita quando vista a certa distância.

Uma vez, ao receber a visita da senhorita considerada a mais linda da cidade, espantou-se com sua pele áspera e irregular, coberta de pelos grossos e espinhas, que mal eram visíveis para os demais gigantes. E nunca tinha visto coisas tão horríveis quanto as que foi levado a conhecer durante um *tour* pela capital: mendigos nas ruas, com as terríveis ínguas e feridas abertas.

Outra desvantagem de ser tão pequeno era o perigo constante que Gulliver corria com os animais de Brobdingnag. As vespas, por exemplo, eram enormes como pássaros, e ele podia ver claramente seus longos e afiados ferrões, os quais, para Gulliver, pareciam adagas. E, certa vez, foi apanhado pelo *cocker spaniel* do jardineiro, que o carregou na boca, pelo jardim, por uns cinco minutos. (Por sorte, era um animal treinado, de modo que não chegou a morder Gulliver com força suficiente para matá-lo.) Mas sua pior e mais triste aventura ocorreu no dia em que ele e Glumdalclitch foram juntos à praia.

Tinham acabado de comer o piquenique, e Gulliver dormia em sua caixa forrada enquanto Glumdalclitch saíra para dar uma volta pela areia em busca de conchas. De repente, Gulliver acordou com a mais peculiar das sensações. Era como se não tivesse mais peso nenhum, ao passo que a caixa parecia balançar de um lado para o outro mui perigosamente. Ele correu para a janelinha e olhou para fora. Ficou horrorizado com o que viu: estava voando uns 60 metros sobre o oceano bravio e tempestuoso! Olhando para cima, deu-se conta do que havia acontecido: uma enorme águia dourada se apossara da caixa na praia, tomando-a pela alça com o bico, e agora voava com ela para longe. O pássaro provavelmente planejava espatifá-la contra alguma rocha a fim de comer a pequena criatura abrigada ali dentro.

Mas a caixa de Gulliver era pesada — até demais para aquela águia, aparentemente. Sem aviso prévio, a ave abriu o bico com um grito alto e a deixou cair. A caixa mergulhou mar adentro, desceu até quase o fundo e então voltou à superfície, boiando. Gulliver ainda estava vivo, mas agora flutuava à deriva em mar aberto, a muitas milhas da costa. Chorou ao pensar que nunca mais voltaria a ver sua querida Glumdalclitch.

No dia seguinte, quando já estava quase morrendo de fome e de sede, avistou um navio no horizonte. A embarcação se aproximou e, quando viram o que parecia ser um quarto flutuante, subindo e descendo com as ondas, os marinheiros a bordo ficaram muito espantados. E mais ainda quando Gulliver gritou para eles:

— Por favor, um de vocês, pegue esta caixa pela alça para eu embarcar no navio!

Como fariam para apanhar do mar um negócio grande daqueles? Pensaram que o sujeito era maluco. Mas Gulliver simplesmente havia esquecido como era voltar ao convívio de pessoas de tamanho normal.

E, de fato, depois que os bons marinheiros daquele navio o levaram de volta à Inglaterra, demorou vários meses para que ele se acostumasse com o tamanho das pessoas e dos prédios em Londres. Sempre pensava que tinha voltado a Liliputе — um gigante, do tamanho de um colosso, andando no meio de uma multidão de homens e mulheres minúsculos.

Sete

Após suas aventuras em Brobdingnag — que quase haviam lhe custado a vida —, Gulliver decidiu que nunca mais navegaria. Resolveu que ficaria em casa com a esposa e os filhos.

Um dia, porém, apareceu um mercador com uma oferta que ele não pôde recusar. Propôs que voltasse ao mar, mas não como médico — desta vez, como capitão do próprio navio. Ofereceu ainda um dinheirão, e, depois de muito hesitar, Gulliver concordou. Só esperava ter mais sorte do que em suas duas viagens anteriores.

Mas, de novo, ela não estava a seu lado. Depois de muitos meses de viagem, e tendo chegado quase até o Japão, o navio de Gulliver foi atacado por piratas. Fizeram-no prisioneiro e, em seguida, o abandonaram no mar num pequeno bote com água e comida suficientes para apenas três dias. Pensaram que ele morreria. Mas, claro, tinham subestimado Gulliver e sua força de vontade para sobreviver.

Ele deu um jeito de conduzir o pequeno bote até uma ilhazinha rochosa e ali permaneceu por vários dias, vivendo dos ovos de pássaros que encontrava nos ninhos em meio às rochas. Então, certa manhã, uma enorme sombra encobriu o sol. Gulliver olhou para o alto e viu uma das coisas mais surpreendentes que já presenciara durante suas viagens. Era uma ilha — uma ilha inteira, de uns cinco quilômetros de extensão — voando acima dele. Voando no céu!

Havia sacadas nas laterais da ilha, com escadas interligando-as. Um monte de gente estava reunida nessas sacadas, pois tinham avistado Gulliver e queriam resgatá-lo. Algumas daquelas pessoas se apressaram em ir buscar uma escada muito comprida, feita de corda, que foi cuidadosamente baixada para que Gulliver pudesse, subindo por ela, chegar até a ilha.

Assim que alcançou em segurança uma das sacadas, foi cercado por uma multidão que parecia muito animada em vê-lo. Mas então, depois de alguns minutos, a maioria perdeu interesse e se afastou. Gulliver achou estranho. Aquelas pessoas tinham expressões muito sábias e inteligentes, mas eram também bastante atrapalhadas: viviam tropeçando em pedras pela rua e esbarrando em postes, como se tivessem dificuldade de se concentrar no caminho que deviam seguir. Por fim, Gulliver conseguiu convencer uma delas a levá-lo até seu rei.

Foi conduzido até um aposento mui grandioso no palácio real, onde se deparou com o soberano cercado de cortesãos e auxiliares, os quais trajavam, todos, mantos bordados com símbolos matemáticos e signos astronômicos. O rei não demonstrou ter sequer percebido a chegada de Gulliver, parecendo ocupado com um cálculo matemático bem longo e complicado. Finalmente, depois de uma hora e dúzias de folhas de papel rabiscadas, resolveu o problema. Só então, levantando a cabeça, percebeu que Gulliver havia sido levado para vê-lo.

Um dos auxiliares começou a explicar como Gulliver fora encontrado e resgatado, mas o rei perdeu a concentração após um ou dois minutos e não prestou atenção à maior parte do relato. Deu rápidas ordens para que ele fosse bem recebido, pondo à sua disposição um quarto e algo para comer, e logo voltou a seus cálculos.

Nos dias seguintes, Gulliver acabou descobrindo que aquele era um comportamento normal entre os habitantes da ilha voadora (chamada Laputa). Eles se mantinham tão ocupados pensando em matemática, música e astronomia, que esqueciam completamente de todas as coisas práticas que precisavam ser feitas no dia a dia. Chegavam a precisar de ajudantes, chamados de *batedores*, que ficavam o tempo todo a seu lado. Esses ajudantes sempre carregavam consigo, presa à ponta de uma varinha, uma bola com a qual batiam no rosto do patrão toda vez que se distraísse por estar muito ocupado com pensamentos brilhantes.

Gulliver achou que, se viviam esquecendo onde

estavam ou o que precisavam fazer por estarem com a cabeça cheia de belas ideias, os laputianos deviam mesmo ser muito inteligentes. Após alguns dias, decidiu descobrir mais a respeito da ciência e da cultura daquele povo e aceitou o convite para uma visita à universidade de Laputa.

Oito

A universidade ficava num grandioso prédio localizado no centro da ilha voadora. Gulliver estava curioso para saber o que as pessoas estudavam ali. Havia reparado que os laputianos eram obcecados por matemática: por exemplo, na hora do jantar, sempre cortavam a comida nos formatos de triângulo, círculo e cubo, ao passo que, precisando encomendar roupas novas, se dirigiam a um professor de geometria, em vez de a um alfaiate (o que talvez explicasse por que roupa nenhuma jamais parecia lhes cair bem). "Mas pelo que mais se interessariam?", perguntava-se Gulliver.

A primeira pessoa que encontrou na visita foi um velho com cara de louco, fechado num quartinho e cercado de equipamentos científicos. Contaram-lhe

que aquele homem trabalhava num experimento para extração de luz do sol a partir de pepinos. Havia, por toda parte, ao redor dele, centenas de pepinos velhos, fatiados e triturados. A experiência já durava 40 anos e não demonstrava nenhum sinal de que daria certo. Mas o velho tinha certeza de que faria alguma descoberta dentro de mais um ou dois anos.

Outro sujeito se empenhava num esquema que tornaria possível aos habitantes de todos os diferentes países entenderem completamente uns aos outros sem necessidade de tradutor: o plano era abolir de vez as palavras. O raciocínio do homem era o de que, uma vez que todas as palavras são apenas substitutas para as coisas, seria mais fácil que as pessoas simplesmente carregassem consigo todos os objetos de que precisassem para se expressar. Verdade que, no momento, o principal problema do esquema era que, se alguém quisesse ter uma conversa interessante e abrangente com outra pessoa, precisaria carregar um saco tão grande de coisas que era capaz de travar as costas. Mas essa era apenas uma dificuldade menor, dizia o cientista, e a qual, estava convencido, esperava resolver em breve.

Um terceiro professor trabalhava num projeto para tornar o ensino muito mais fácil. Em vez de dar aulas a seus alunos, propunha anotar suas ideias em pequenos pedaços de papel, dando-os de comer aos estudantes — os quais estariam há três dias em jejum, o que lhes facilitaria a digestão. Infelizmente, os únicos alunos que já haviam chegado a experimentar o método acabaram passando muitíssimo mal. O professor, porém, assim como seus colegas, não desanimara e estava determinado a continuar com o experimento até que funcionasse.

Depois de passar algumas horas na universidade, Gulliver já começava a pensar que todos os laputianos eram meio loucos e estava mesmo a ponto de perguntar se não lhe emprestariam outra daquelas escadas de corda para que pudesse se mandar da ilha. Mas então ficou sabendo de outra coisa que tinha curiosidade de ver. Parece que havia um grupo especial de laputianos nascidos com uma marca vermelha na testa, o que significava que eram os eleitos para um privilégio único: eram imortais e jamais precisariam morrer. Essas pessoas eram conhecidas como Struldbruggs, e Gulliver mal podia esperar para conhecê-las e conversar com elas. Estava convencido de que deviam ser as pessoas mais felizes do mundo, sabendo que nunca morreriam. E não apenas as mais felizes, mas também as mais sábias, pois teriam testemunhado centenas de anos da história humana e aprendido um bocado sobre todos os erros cometidos pela espécie no passado. Provavelmente, pensou Gulliver, todas elas ocupavam posições importantes no governo, de modo que o rei e os ministros pudessem se beneficiar de sua sabedoria.

Lamentavelmente, Gulliver descobriu que a verdade era bem o contrário disso. O fato é que os Struldbruggs eram as pessoas mais tristes e solitárias que jamais conhecera. Em sua maioria tinham mais de 200 anos, mas todos haviam perdido a memória mais ou menos aos 80, fato que as impedia de contar a Gulliver algo de interessante; alguns nem mesmo lembravam mais como falar. Também tinham perdido os sentidos do paladar e do olfato, por isso não tinham prazer nenhum em comer e beber. Os Struldbruggs odiavam todos os jovens, pois invejavam a boa saúde e a vitalidade deles. E também odiavam seus pares, porque cada um recordava ao outro a própria condição miserável. Ninguém na ilha gostava da sua companhia, claro — em parte por serem tão irritadiços e sombrios o tempo inteiro, mas principalmente pela aparência horripilante, a pele enrugada e murcha dependurada nos ossos, os terríveis olhos fundos a mirar o mundo lá fora com um misto de horror e tédio pavoroso.

Gulliver queria se livrar logo dos Struldbruggs. Eles o fizeram se dar conta de algo que nunca antes lhe havia ocorrido. Sempre tivera medo de morrer, e sempre a morte lhe parecera uma infeliz fatalidade. Mas agora percebia que ela também podia ser uma libertação, o acesso a

um reino de liberdade. Nada poderia ser pior do que estar condenado a permanecer neste mundo para sempre, sozinho, sentindo falta das pessoas amadas e pensando nelas por longos anos depois que haviam partido.

Ficara tão impressionado com aquelas criaturas, que disse aos laputianos sobre seu desejo de ir embora da ilha voadora o quanto antes. Perguntou se, assim que a ilha sobrevoasse algum país habitado por muita gente, não poderiam lançar uma escada de corda para que, obtendo permissão para embarcar num navio, retornasse à Inglaterra. Responderam-lhe que, por um golpe de sorte, a ilha sobrevoava, naquele momento, o Japão. E então, naquela mesma tarde, Gulliver foi conduzido até uma das sacadas, os degraus de corda foram atirados por sobre a amurada, e ele desceu o mais agilmente que pôde, deixando para trás, para sempre, a ilha e seus peculiares habitantes.

Nove

Do último degrau, Gulliver saltou para uma comprida praia de areias brancas. A escada foi puxada de volta, e ele acenou em despedida aos laputianos reunidos lá no alto, embora mal tenham notado. Era capaz de já estarem muito ocupados matutando sobre algum novo problema matemático.

Assim que concluiu esse pensamento, uma grave desconfiança cruzou sua mente. O país onde estava agora era mesmo o Japão? Os laputianos haviam se mostrado imprestáveis para a maior parte das coisas práticas e, muito provavelmente, não eram lá essas coisas como navegadores. Aquele novo lugar parecia bem deserto. Gulliver tinha visto fotos do Japão em livros e não se parecia nada com aquilo ali.

Tinha toda a razão. Na verdade, encontrava-se a milhares de quilômetros do Japão. Ao final daquele dia, Gulliver descobriria estar num país onde nenhum outro ser humano, até então, pusera os pés.

Nesse meio-tempo, saiu caminhando da praia para o interior da ilha. Andou por muitos quilômetros de uma paisagem árida sem avistar uma única criatura viva. E então, de repente, viu um rebanho de animais reunido num descampado ao lado da estrada. Ficavam de pé sobre duas pernas e muito se pareciam com os humanos, exceto que não usavam roupas e tinham longas garras, assim como pelos que lhes cobriam o corpo todo. Estavam brigando por um naco de carne, uivando e investindo uns contra os outros com vozes horrivelmente estridentes e garras à mostra.

Gulliver tremeu e apressou o passo. Jamais se deparara com criaturas que lhe causassem tanto medo e horror.

Logo depois, topou com dois cavalos vindo em sua direção pela estrada. Eles pararam e o encararam com expressões sábias e gentis. Gulliver tentou acariciar a cabeça de um dos animais, mas o cavalo recuou. Então passaram a relinchar um para o outro. Eram relinchos tão complicados e expressivos, que Gulliver começou a suspeitar de que os dois estivessem, de fato, conversando em alguma estranha língua própria.

Após terem dado voltas ao redor do visitante, examinando-o com cuidado, sinalizaram com a cabeça querendo dizer que era para Gulliver acompanhá-los. Ele os seguiu por uns três quilômetros, até uma grande construção no meio de um descampado.

O teto era de palha e o interior se parecia muito com o de um estábulo, só que mais limpo e arrumado. Aparentemente era ali que um dos cavalos vivia com a família. Deram as boas-vindas a Gulliver, fazendo-o entrar, e então tiveram uma longa conversa, na qual o tempo todo ele ouvia a palavra yahoo. Então o levaram até o quintal, onde Gulliver se deparou com três outras horríveis criaturas como aquelas que tinha visto antes, agora presas a uma árvore por uma corrente, e novamente brigando por comida. "Yahoo", repetiam os cavalos, apontando de Gulliver para as odiosas bestas.

De repente ele entendeu o que queriam dizer.

— NÃO! Eu não sou um deles! — gritou, horrorizado. — Sou um homem. Um ser humano!

Ora, os cavalos certamente conseguiam perceber que ele era muito diferente daquelas criaturas em alguns aspectos, de modo que permitiram que dormisse em seu estábulo naquela noite e, na manhã seguinte, começaram a ensiná-lo a língua dos cavalos. Gulliver sempre tivera facilidade para aprender idiomas e precisou de apenas algumas semanas para ser capaz de manter uma boa conversa com os animais. Uma das primeiras coisas que aprendeu foi que eles se referiam a si próprios como houyhnhnms.

Em pouco tempo Gulliver já estava gostando muito, de verdade, de seu "senhor" (que era como se chamava o cavalo em cuja casa fora convidado a morar). Tudo que aquele cavalo fazia parecia organizado, razoável e civilizado. Mantinha a casa limpa e dava a impressão de que jamais se zangava ou aborrecia por nada. Gulliver passava o máximo de tempo que podia com seu senhor e jamais se aproximava dos repulsivos yahoos ou se permitia ter algo a ver com eles.

O senhor de Gulliver estava perplexo com seu novo hóspede. Na aparência, ele se parecia em tudo com um yahoo. Mas, ao mesmo tempo, usava roupas, era capaz de aprender línguas, cozinhava a própria comida e não era, ao que parecia, nem de longe tão selvagem e cruel quanto eles. Então de que tipo de criatura se tratava, exatamente?

Gulliver fazia o melhor que podia para lhe explicar as coisas. Esclareceu que, no país de onde vinha, todas as pessoas tinham a forma dos yahoos e andavam eretas, apoiadas sobre as pernas traseiras. Mas elas se diferenciavam bastante em todo o resto: eram inteligentes e civilizadas, falavam umas com as outras num bocado de línguas diferentes, escreviam livros e poemas, tinham talento para a matemática e a ciência, eram brilhantes para inventar coisas e não brigavam entre si o tempo todo.

Assim que acabou de enumerar os itens, Gulliver se deu conta de que o último não era estritamente

uma verdade. Claro, os seres humanos brigavam, sim, uns com os outros — e se metiam em brigas terríveis —, mas que não eram chamadas de *brigas*, e sim de *guerras*. E, como os houyhnhnms não tinham uma palavra para "guerra" na língua deles, precisou explicar o que era. Para começar, seu senhor não conseguia entender como alguém como Gulliver — cujas unhas nem se comparavam, em comprimento, com as garras dos yahoos — poderia machucar outra pessoa. Então Gulliver precisou explicar o que eram revólveres. E não apenas revólveres, mas também canhões, bombas e todo tipo de explosivos. A explanação levou um bom tempo e, no fim, seu senhor parecia verdadeiramente perturbado.

— Quer dizer que, com toda a inteligência e a sabedoria que têm, existem homens que, ainda assim, dedicam seu tempo e seus cérebros para fabricar coisas projetadas com o intuito de matar pessoas? E não apenas algumas pessoas, mas o máximo possível? Tem mesmo esse tipo de maldade no seu mundo?

Depois dessa conversa, o senhor se retirou para um canto silencioso do estábulo e, durante um tempão, ficou pensando no que acabara de ouvir. Gulliver o observava e, pela primeira vez, sentiu vergonha de si mesmo e de seus iguais, os humanos.

Epílogo

Apesar da decepção ao ficar sabendo do que a espécie humana era capaz, o senhor de Gulliver permitiu que ele permanecesse em sua casa, e os dois se tornaram bons amigos. Aquele houyhnhnm continuava a mostrar curiosidade pela criatura que era-mas-não-era-exatamente um yahoo, e Gulliver, por sua vez, passou a amar muitíssimo seu senhor.

Se esse amor era de fato correspondido, é difícil dizer. Uma das coisas que Gulliver reparou nos houyhnhnms era que jamais pareciam realmente sentir emoção. Tudo o que faziam, faziam por ser sensato e não porque tivessem sentimentos a respeito. Assim, por exemplo, embora cuidassem bem dos filhotes, os pais tratavam os seus próprios do mesmo jeito que os de outras famílias, sem nunca demonstrar pelos seus alguma afeição especial. Da mesma forma, não externavam nenhum sofrimento particular quando os cavalos mais velhos morriam. Simplesmente aceitavam. Tampouco alguma vez dois cavalos decidiriam se tornar marido e mulher porque se amavam, mas sempre pelo fato de suas aparências combinarem bem e pela boa probabilidade de produzir filhotes bonitos e robustos.

Gulliver não conseguia evitar a sensação de que, ao menos nesses aspectos, o modo de agir dos houyhnhnms era um pouco frio. Por mais que admirasse aqueles cavalos, com sua calma e razão, se perguntava se os seres humanos, com todas as falhas, não aproveitariam melhor a vida do que eles.

No geral, porém, estava extremamente feliz por conhecer a nação dos houyhnhnms, onde viveu por dois alegres anos. Nesse tempo, na mesma medida em que passou a gostar mais e mais dos cavalos, seu ódio pelos yahoos também não parou de crescer. E o que tornava tudo ainda pior era que ele próprio, em muitas coisas, se parecia com aqueles animais. Certo dia, por exemplo, seu senhor descreveu algo que os cavalos sempre haviam considerado intrigante em relação aos yahoos: eles adoravam cavar a terra em busca de pedras brilhantes e coloridas, e depois cuidadosamente as escondiam aos montes, com frequência gastando horas a olhar para elas e contá-las e vigiá-las, enciumados. Se outro yahoo tentasse roubar uma delas, seria motivo para uma briga das mais terríveis. O que significaria isso?, quis saber o senhor houyhnhnm. Gulliver não conseguiu lhe dar uma explicação satisfatória, apenas pôde contar que os seres humanos tinham uma obsessão e um amor semelhantes por aquelas pedras brilhantes e coloridas — às quais chamavam de *dinheiro*.

Como havia passado bastante tempo com Gulliver, o senhor cavalo podia ver que ele era bem diferente dos yahoos em muitos aspectos. Mas os demais houyhnhnms discordavam, achavam que era errado que o colega abrigasse um yahoo em casa. Um dia, portanto, após uma longa reunião do parlamento dos houyhnhnms, ficou decidido que Gulliver teria que ir embora do país, de volta para a terra de onde tinha saído. De coração partido, Gulliver não suportava a ideia de ser obrigado a abandonar o convívio daquelas criaturas sábias e gentis para passar o resto da vida entre yahoos. (Pois era assim que até ele passara a considerar seus pares humanos.) Mas seus protestos foram ignorados. Teve que construir para si uma canoa e, levando provisões suficientes para algumas semanas, zarpou em direção ao mar aberto mais uma vez.

Gulliver não queria voltar à Inglaterra. Se não o deixariam mais viver entre os houyhnhnms, havia decidido que preferia, então, viver sozinho. De modo que conduziu a canoa até uma ilha deserta e a ancorou numa enseada enquanto partia em busca de mais água e comida.

Ao retornar, viu que o barco estava cercado de homens. Eram marinheiros portugueses de um navio mercante que passava por ali. Agarraram Gulliver e lhe perguntaram o que fazia naquele lugar. Ele respondeu da melhor maneira que conseguiu, mas não puderam compreender sequer uma palavra do que ele dizia. Para os portugueses, soava como o relinchar de um cavalo! Caíram na risada e concluíram que ele devia estar maluco.

Obrigaram Gulliver a ir ao navio e o levaram ao capitão. Era um homem bom e inteligente, o qual pôde perceber, de cara, que o forasteiro estava bastante estressado. Na verdade, Gulliver mal podia suportar estar na presença de todos aqueles yahoos. Odiava até mesmo sua aparência e seu cheiro, e pediu que lhe cedessem uma cabine própria, onde pudesse descansar sem ser perturbado. E foi ali que permaneceu durante o resto da viagem de volta para casa.

Pobre Gulliver! Quando retornou da primeira de suas viagens, recém-saído de Lilipute, o país em miniatura, tudo na Inglaterra lhe parecera enorme. Ao voltar de Brobdingnag, a terra dos gigantes, tudo lhe parecera minúsculo. Mas o retorno do país dos houyhnhnms foi muito, muito pior. Para onde quer que olhasse, enxergava pessoas; e elas lhe lembravam as agressivas, selvagens e sujas criaturas que eram os yahoos. Até o cheiro das pessoas era horrível para ele. Mesmo sua própria família o recordava dos yahoos! Nos primeiros anos após sua volta, Gulliver não queria nem morar na mesma casa com os familiares. Em vez disso, foi viver no estábulo que tinham nos fundos e levou dois cavalos como companhia. Não falavam a língua dos cavalos tão bem quanto o seu senhor do amado país dos houyhnhnms, mas o que tinha ali era, ainda assim, melhor do que nada.

Demorou um ano para que Gulliver fosse capaz de suportar sentar-se à mesma mesa com a mulher e os filhos e comer o mesmo que eles. Todos os dias olhava para a

família e se perguntava a mesma coisa, repetidas vezes: "Que tipo de criaturas são eles, essa mulher, esse menininho e essa menininha? Com o que se parecem mais? Com os yahoos, com os houyhnhnms? Qual dos dois eles são?"

E, às vezes, Gulliver se colocava uma pergunta ainda mais assustadora: "Qual deles sou eu?"

Este livro é dedicado a Matilda e Madeline

DE ONDE VEM ESTA HISTÓRIA?

Jonathan Swift nasceu há mais de 350 anos. Morreu em 1745, quando tinha 77 anos. Além de escritor e poeta, também foi pastor — ocupou o posto de deão de St. Patrick, uma bela catedral em Dublin.

A cidade fica na Irlanda, e Jonathan Swift, embora muitas vezes seja citado como um escritor inglês, nasceu na Irlanda e por lá ficou a maior parte da vida. Ele acreditava que os ingleses tratavam os irlandeses muito mal, e com frequência usou sua escrita como pôde para ajudar os conterrâneos e tirá-los da pobreza e da fome.

Swift passou cinco anos escrevendo *A história das viagens de Gulliver*. O livro foi finalmente publicado em 1725 e se tornou um best seller de imediato. Todos os exemplares foram vendidos na primeira semana de lançamento.

Jonathan Swift disse, certa vez, que escreveu *As viagens de Gulliver* "para incomodar o mundo, não para diverti-lo". O que quis dizer foi que, embora soubesse que era uma história divertida, não tinha sido essa a principal razão para escrevê-la. Ele a publicara para fazer as pessoas pensarem. Queria que refletissem sobre as questões políticas da época — como a guerra e a pobreza —, mas também queria que pensassem sobre algo ainda maior e mais importante: a natureza humana. Ao final do livro, o que Swift pretendia era que os leitores se perguntassem coisas como: "Os seres humanos são bons ou maus? Devemos fazer as coisas porque é sensato e razoável fazê-las ou por outras razões?" Como muitas das maiores histórias e obras de literatura, *As viagens de Gulliver* não é um livro que se propõe a fornecer respostas: serve apenas para levantar questões interessantes e importantes.

J. C.

OS AUTORES DESTE LIVRO

Jonathan Coe nasceu há muito tempo na Inglaterra, onde vive até hoje. Escreveu 12 livros, entre eles *A casa do sono* e *A chuva antes de cair*, mas sabe que nunca vai conseguir escrever um tão bom quanto *As viagens de Gulliver.*

Sara Oddi nasceu em Ascoli Piceno, em 1984. Desde pequena adora inventar e ilustrar histórias. Mora numa vila perto de sua cidade natal, e, mesmo que alguns anos tenham se passado, sua paixão continua sendo a mesma. Também aprecia a boa culinária de Marche.

Este projeto é dedicado a Achille, Aglaia, Arturo, Clara, Kostas, Olivia, Pietro, Samuele, Sandra, Sebastiano e Sofia.

Save the Story é um projeto que leva para um lugar a salvo, em nosso milênio, algo que estava naufragando no passado. Os livros que, como este, trazem a marca SAVE THE STORY são espécies em via de extinção.

A scuola Holden nasceu em Turim em 1994 com a ideia de ser diferente das outras. Parece uma casa onde não faltam espaço, livro e café. Lá se estuda uma coisa que se chama *storytelling*, ou seja, o segredo de contar histórias em todas as linguagens possíveis: livros, cinema, TV, teatro, quadrinhos. Tudo com resultados exageradamente bons.

Este livro foi composto nas tipologias
Bodoni Classic Chancery, Bulmer MT Std, Garamond Premier Pro,
Helvetica Neue e Fontesque, e impresso em papel off white 90g/m^2,
na Prol Gráfica e Editora Ltda.